모
서
리

둥
근

터
무
니

열/린/시/학/정/형/시/집 177

모
서
리

둥
근

터
무
니

장
기
숙

시
조
집

고요아침

/

다섯 번째 얘기보따리

처음에 멋모르고 한 얘기
두고두고 부끄러웠습니다.
두 번째, 세 번째 좀 더 영글었을까?
그리고 철없이 용감하게
다섯 번째 책을 묶습니다.
풀어놓은 얘기가 재미있을까?
얼마나 또 화끈거릴지…

2023년 봄
임진강변에서
조희 장기숙

차례

/

제2부 접경 블루스

제3부 바람꽃

제4부 익어가는 것들 틈새에

제5부 겨울 뜨락에 서서

제
1
부

모서리 둥근 터무니

詩와 길

곰실대는 풀꽃들
산모롱이 향내일 듯

숨어 흐른 실개천
강 허리에 너울너울

한 바다 멀리 퍼지는
종소리면 좋겠다

모서리 둥근 터무니

태생이 정글이랬지 토분 속 몬스테라*
총 맞은 과녁처럼
숭숭 뚫린 저 이파리
열대림 초록 바람이
밤새 솔솔 들렌다

겨우 볕뉘 한 줌 흙 한 줌 받아들고
그늘이 깊은 만큼 둥글게 새긴 무늬들
광활한
남미의 하늘
거기 닿고 싶은 걸까

모퉁이 돌고 돌아
허공에 뿌리내린
구멍난 심장끼리 햇귀 서로 나누려
덩굴손
뜨겁게 뻗는다
투명한
길을 내듯

* 멕시코 밀림이 원산지로 큰 나무 그늘 밑에서 햇빛을 나누기 위해 잎에 구멍이 뚫리게 진화했다고 함.

떨켜와 부름켜의 시간

샛강물 뒤척이는 입춘절 둑방길에
잔설이 희끗희끗 앙상한 버즘나무
한 자락 햇귀를 당겨 얼부푼 발 녹인다

나이테 감는 동안 잎사귀 떨궈내고
우듬지에 맴도는 처연한 울음소리
단호한 떨켜의 방식 별빛마저 글썽였지

괜찮아 견뎌내니 지금 봄을 맞잖아
초록색 우거질 날 촉촉이 떠올리며
뿌리 속, 깊이 쟁여둔 붉은 피톨 수런수런

부름켜 갈피갈피 온몸을 열어놓고
우수수 허물 벗어 뾰족 내민 여린 순
해마다 처음 길처럼 새록새록 내딛는다

호랑거미의 봄

마른 등걸 틈새에 맵찬 겨울을 건너
거듭 허물 훌훌 벗어 공중에 길을 낸다
나선형 둥그런 밥상
깔따구만 파들대고

거꾸로 매달린 채 매순간 흔들려도
새벽 별 눈빛으로 촉을 세운 더듬이다리
행여나 나비 한 마리
낚아챌까 숨 고른다

밥줄이 끊겼다는 그 옆 비혼 노총각
아슬아슬 허방 딛고 종일 바장인 하루
몸 누인 비닐하우스에
달빛마저 출렁댄다

떠난 사랑 하마 올까 끈끈한 정 여직 남아
마주할 성찬을 위해 바람벽 층층 쌓는 길
감나무 크낙한 집 한 채
꽃등 환히 내건다

유리컵 속의 길을 찾아

줄기 채 뭉텅 잘린
한 줌 미나리 밑동
무논에 출렁이던
초록은 먼 기억일 뿐
입술이 타는 목마름
실뿌리 몇 올 물길 연다

사는 건 베인 자리
새살 돋게 하는 일
웅크린 이야기들
볕뉘께로 줄기 뻗어
아침 해 맑은 창가에
연둣빛이 소복하다

숨어있는 낱말 찾아
하마 꽃 피우려나
구슬땀 빚은 문장
촘촘히 꿰는 시간

북극성

망망한 시의 바다

차르랑 노 젓는다

부의봉투 속의 한 줌 꽃씨

호미질 슬렁슬렁 꽃씨를 뿌린다
채송화 메리골드 봉숭아 해바라기
새까만 껍질 속의 숨결
오색 꽃물 봉곳하리

까무룩 겨울잠 든 내안 작은 글 뜨락도
볕뉘 한 줌 버물려 한 톨 씨앗 심는다
별 닮은 애기나팔꽃
풀벌레소리 스며든

바람이 허리 감아 줄기 사뭇 휘어져도
넝쿨손 짙푸른 숲 은종소리 울리고파
붓 끝에 올곧게 맺은
봉오리를 꿈꾼다

꽃밭 안부

봄 하루 첫 비 내려 꽃밭이 수런수런
금낭화 애기똥풀 모란 자주달개비
사월을
들어 올린다
봉오리 곧 터질 듯

하얀 나리 꽃대는 밑동에 검은 흙뿐
뿌리째 짓무른 채 기척이 아예 없다
내 눈에
갈매빛 그 입술
문득문득 글썽인다

강원도 전라 경상 색깔은 다 달라도
손 잡고 출렁이던 여름날 풋풋한 친구
마음밭
휑한 그 자리에
알뿌리 새로 심는다

씨감자

맨살이 도려져나간 씨눈을 바라보니
꽃샘 시린 바람이 오소소 파고든다
남동생 뭉툭한 오른손
울컥한다 불현듯

정밀공업 현장에서 손가락 잘려나가
달랑 하나 집안의 기둥 눈앞이 암흑인데
짊어진 천 년의 종손
허울 좋은 멍에일 뿐

노부모 봉양하랴 대소사도 줄줄이
짙푸른 꽃 시절도
분지르고 끊어내어
밑뿌리 씨알 튼실한 감자
울멍줄멍 달았다

바람이 터를 닦는 동안

내 안의 작은 뒤란 한 그루 물봉선화
바람길로 왔는가 물길 따라 왔는가
마른 땅 잔뿌리 내린 시간
홀로 매양 두렵다

얼결에 발 닿은 곳 내 자리라 생각하고
밤이슬 젖은 별 모아 쉼 없이 손 뻗어도
녹두잎 나울거리는 틈새
제모습이 낯설어

열꽃 핀 땡볕 아래 긴긴 날 타는 입술
떠나온 숲 그리워 행간 속을 더듬으면
무시로 개울 물소리
도란도란 들려온다

굴참나무 벌목공

풋도토리 쏘옥 뚫어
알 낳은 저 벌레 좀 봐
잎 말아 강보 짓고 가지 잘라 요람 짜
지상에 살폿 내리네 제 자식 다칠세라

거위벌레 사는 법
벌목도 면제부지
키 재기 도토리들
떨어져도 나 몰라라

새치기 자격증 위조
사람들이 하고 있네

세상의 부모 마음
본능일까 이성일까
참사랑 만 갈래 길 더듬어 톺아보는
여름 숲 굴참나무 아래
다람쥐 한 쌍 오르내리네

깨어진 청동금탁*

갈물 든 천보산 자락 회암사지 262칸
절인가 궁궐인가 어도 따라 오르니
뎅그렁 우람한 풍경소리 긴 침묵이 꿈틀한다

보광전 금빛 추녀 버겁게 흔들리다
제 무게에 가위눌려 내려놓고 싶었을까
떨어져 부서진 까닭 기록마저 안갯속

티 없이 살라하던 창공은 알까 몰라
나옹선사 시구절 귓속을 닦는 나절
참말을 받아쓰란 듯 하늘 잉크 뚝뚝 진다

* 조선 왕실사찰 회암사지에서 발굴된 거대한 풍탁. 이성계, 신덕
왕후, 이방석 이름이 새겨있다.

딸에게 절을 하다

인파로 가득 메운 이태원梨泰院 축제거리
출구를 찾지 못해 밟히거나 선 채로
호박등 검은 그림자
바람마저 질식했다

겉도는 사이렌은 허공 속에 맴돌고
배꽃잎 난분분 먼길 떠난 젊음들
그 누가 책임져 줄까
무너지는 억장을

설날 까치울음에 행여 올까 귀 기울인
대문 밖 구두 소리 환청인가 생시인가
딸내미 콜라와 피자
제단 차린 반백 어미

박두진론論

목련나무 우듬지 봄물 출렁거리고
영산홍 복사꽃이 흐드러진 혜산 뜰
흰 구름 꽃바람에 취한
그림자 일렁입니다

예배당 새벽 종소리 서늘한 동이 틀 때
뿔테 안경 그 너머 가을 절벽* 기도소리
캄캄한 다툼은 싫어
밤일랑은 사르라고

해야 해야 솟아라 목청껏 읊으시니
비둘기 소식 물고 사슴 뛰어 노니는
청룡산 푸른 메아리
천지를 휘돕니다

* 박두진의 시.

제

2

부

접경 블루스

접경 블루스

황포돛 펄럭이는 고랑포구 여울목

고기 잡는 해오라기 솔숲에 알을 품고

아! 누가 꽃불을 커나 주상절리 백리 길

펼쳐놓은 비단폭 구름 속 선계인 듯

뱃전에 부딪히는 파도 소리 장단 맞춰

돌단풍 불콰한 임진강 쿵 짝 쿵쿵짝 춤을 춘다

DMZ 음악제

안개 속 서부전선 무대의 막이 올랐다

DMZ판 워털루전쟁 연주가 시작되고 관객은 짙푸른 초목 객석 가득 메웠다 앞장 선 전진나팔 우렁찬 마에스토소 산천을 뒤흔드는 탱크 소리 총성 포성… 접전의 클라이맥스 숨 가쁜 트레몰로 승전 나팔 한 발 앞 사격 돌연 쉼표다 승자도 패자도 없이 상처는 늘 도돌이표

피날레 서글픈 아다지오 메꽃으로 지고 있다

신 어부지리

편대 나눈 촛불 맞불
붙네 붙어 또 한판

황새와 무명조개
저희끼리 피 터질 때

얼씨구!
이게 웬 떡이냐
횡재할 놈 따로 있다

도라산의 봄 기별

평화열차 기적 울리며
한달음에 닿아도

안갯속 북녘 하늘
결빙을 풀지 않아

흰 구름 두어 채 덮고
이냥 모로 누운 산

연둣빛 속잎 피울
소식 언제 오려나

총소리 닮아가는
딱따구리 울음소리에

화들짝 눈에 불 켠다
진달래망울 토독톡…

소낭구*

소나무를 송낭구라 부르던 할아버지
구불텅 휘인 가지 옹이까지 박혔네
속 깊이 감춰둔 고뇌
등피마다 묻어나고

허다한 유혹이 머물렀던 흔적인가
진달래 자지러질 때 눈가에 글썽이던
사무친 영변의 약산 달려갈 날 꼽았으리

씨 여문 솔방울들 숭얼숭얼 맺기까지
밑둥치 갈색 침엽 소리 없이 지는 시간
몰랐네 설봉의 저 상록
상처 혹은 눈물인 것을

* 강원도 황해도 이북 방언.

천 년의 바람

― 자운서원에서

밤나무 아람 버는 자운산 기슭 따라
알알이 고인 숨결 행간을 더듬어 보네
누대를 받쳐 든 말씀
어깨를 툭툭 치는

혜안 십만양병설 무릎 꺾인 뒤안길에
동박새 설운 울음 홍매화 흩날리고
곤룡포 몽진 나루터
여직 붉네 그 강물

한 줌 푸른 바람은 엉킨 마음 빗겨줄까
혼절한 시간들을 붓끝으로 다스리며
퍼올린 고산구곡가
굽이굽이 출렁이고

봉분을 감싸 안은 금강송 서늘한 향
일필휘지 먹물 자국 솔잎 끝에 어리어
혼탁한 세상을 불러
흐린 눈을 씻고 있네

산도라지

누구를 기다리나
결 고운 보랏빛 치마
갈래갈래 찢긴 시간 철조망에 걸어두고
아픔도 오래 곰삭아
꽃으로 피웠는가

기러기 울음소리
갈대밭에 떨어지고
무기한 연착된 만남 소식을 기다리며
비워둔 맘속 방 한 칸
불 지피는 사람아

장단역

거기 임진강 건너 아스라한 금단의 땅
흔적만 겨우 남은 폐허 위에 플랫폼
기억 속 만남과 이별
촘촘히 박혀있을

표주박 우물가에 꽃 피운 별빛 사랑
칠십 여 년 옷깃 여민 채
기차 소리 귀 기울인
이모는 유복 아들을 평생 홀로 키웠다

쇳녹을 부여안은 세월을 깨는 소리
끊어진 철길 이어 기적 다시 울리려나
산까치 울음소리에
얼음 산도 풀렸으면

초평도 편지

날개를 꺾지 마라 섬 안의 섬에 깃든
저어새 재두루미 묘기의 가창오리 떼
모래톱 젖은 발 털며 겨울 촘촘히 깁는

그 누가 검은 연기 자욱이 드리우나
원시의 푸른 자궁 형형한 숫눈길에
총소리 붉은 낙관을
이젠 찍지 말아다오

봄 여름 버들붕어 물풀 속에 알을 낳고
갈바람에 산국 향기 흐드러진 강 언덕에
노을 속 황홀한 군무
오래오래 보고 싶소

유통기한 1950. 6. 25부터 무한

언제쯤 끝이 날까
너무 긴 줄다리기
나이테 굵어진 나날
이별의 슬픈 노래를
누가 또 부르고 있나
듣는 이도 없는데

시인의 휴전선*이
나그네를 맞아주고
찔레꽃 설운 영혼
통곡 소리 맴도는
지뢰밭 붉은 팻말은
삭지도 않아 썩지도 않아

어스름 안개 자욱한
임진강 굽이 저 편
수심의 깊이 알 수 없어
맘대로 못 건너는
고깃배

월척을 기다려

찌를 여태 던지는 이여

* 박봉우의 시.

제
3
부

바람꽃

모란, 혼불

꿈인 듯 생시인 듯
사나흘 황홀했어

빈 뜨락 목이 휘는
까닭을 알까 몰라

까마득
찬란한 오월
붉게 타던 이름 하나

바람꽃

무심코 스쳐 지나는
바람찬 언덕길에

아무도 닿지 않아
시리도록 희디흰

그 소녀
형형한 기도소리
내 안 흔들어 깨우는

첫걸음

생의 어느 마디쯤
향기롭게 피어오른

한 다발 후리지아
순간 하마 놓칠까

잘 닦인 유리창 가에
등불 환히 밝혀 든

명화

깨진
새우젓 독이
풍란 한 폭
그려 낸다

그 흔한 화선지도
화판 하나 없이도

움푹 팬
가슴 한 복판
밤인데도 환하다

축제마당

여기 다
모였구나
지상에 향기로운 거

우르르
내게 몰려와
귀쌈 후려치는 말

세상 때
훌훌 다 벗고
꽃 피워 봐 꽃 꽃…

호박꽃

놀리지 마 호박꽃도
어쩌구 저쩌구

땡볕 장가드는 날
한 우주가 기우뚱

나만큼
다디단 꿀맛
뉘 있으면 나와 봐

백수 생각

대궐보다 덩그렇던
살구꽃 난분분

불도저 밀고 간 자리
아파트가 울창하다

연분홍
볼우물 피어오른
오두막 분이 어딜 갔나

벚꽃 축제

경상도 전라도 사이
섬진강 물결 위에

연분홍 꽃비 뿌려
펼치는 퍼포먼스

꽃파랑
어우렁더우렁
굽이치며 흐르네

단풍처럼

오색 가을 길 따라
서둘러 가는 시월의 밤

동영상 클릭 클릭
히어로가 윙크하네

한순간
달아오른 얼굴
붉게 물든 잎새 하나

귀뚜리는

닥쳐올 하얀 겨울
진즉 알고 있는 걸까

어둠 속의 한 가락
끊일 듯 다시 잇는

별빛을 사르는 울음
노래인 듯 꽃인 듯

동백꽃

왕건 대신 목이 잘린
신숭겸의 충절일까

선죽교를 물들인
포은의 선혈일까

툭
툭
툭
떨어졌어도
천 년 넘어 여직 붉은

내 새끼

환갑 넘은 돌싱 아들이
고향집에 들어와서

꼬부랑 구십 노모께
매 끼니 엄마 밥 좀

아무렴
배 곯지 마라
금쪽 같은 내 새끼

제
4
부

익어가는 것들 틈새에

소야곡

어둠을 돌돌 감아 밤을 써는 귀뚜라미

섬돌 밑 아니면 닫힌 창틀 아래

이 가을 통째 울어도 달만 혼자 듣는다

구절 어느 마디쯤 지상의 노래 되나

누가 귀 기울여서 가슴 적실 날 있을까

내 목쉰 세레나데를 이 밤 자꾸 연습중이다

익어가는 것들 틈새에

공릉천변 가을은 열매 축제 마당이다
달개비 강아지풀 여뀌 노랑부리콩
다갈색 옹골찬 씨앗들
토옥톡 터트린다

벌레들 날갯짓 소리 또글또글 영글고
풀무치 방울벌레 고 작은 귀뚜리까지
들녘에 오케스트라
하모니도 갈빛이다

강바람에 황국 싸하니 흔들리는 둑방길
비껴간 자전거 소년 비누 냄새 문득 번진
오래된 풀잎 엽서 같은
구절초 보랏빛 향기

모퉁이 굽이굽이 떠가는 구름처럼
찬이슬 밤새 내려 피다 만 물봉선처럼
갈대꽃 마른 바람 소리
울음 가득 부른다

여귀산을 읽다

살포시 내려앉은 귀녀의 고운 자태
나직한 능선 따라 골마다 풀어놓은
팔색조 가야금 소리
갈피갈피 젖어드네

잣밤나무 갈바람 기슭 아래 머물고
파도 소리 치얼썩… 밤새 등을 후려칠 때
잠자던 사유를 깨워
숲에 드네 깊고 푸른

흐린 날 산에 오르다

우거진 여름 산을
타박타박 오른다
쏟아지는 녹음 뚫고
깊은 골 넘어가면
산까치 곤줄박이 울음
초록물이 뚝뚝 진다

동요 속엔 마음도
파랗게 물든다지
느릅나무 물푸레나무
겹겹이 에워싸도
생각은 독버섯처럼
갈피갈피 붉어져

사람은 함부로
숲이 되지 못하는가
산그늘 짙게 드린
그 너머 아린 무늬

무심사

만종소리만

불현듯 환해진다

임플란트 하러 가는 커터

굵은 쇠파이프가 뎅강뎅강 잘린다
타다닥 불꽃 튀며 하늘까지 떼 멜 듯
한 트럭 매미 울음을 작업장에 퍼붓는다

새벽부터 땅거미까지 목청도 쩌렁쩌렁
식구들 밥이 되고 누군가의 밥도 되는
호시절 비닐하우스 뚝딱 지어냈는데

서슬 퍼런 양날도 이 빠진 채 들쑥날쑥
고막이 터질듯한 소리마저 잠잠하고
아버지 튼튼 치과 병원 휘적휘적 걸어간다

한 뼘 햇살

요양원 뒷뜨락에 길들이 모여있네

꽃철 다 보내느라 휘우듬한 허리 다리

헛웃음 아들 딸 자랑 체온보다 뜨겁다

달려온 길 달라도 머문 곳 같아서일까

갈꽃 핀 담장 아래 속내를 털어 뵈며

휠체어 탱탱한 바큇살 남은 햇발 감고 있네

가을, 풀섶을 듣다

방울벌레

땅속 적막을 뚫고
부화한 저 날갯짓
토란잎 송골송골 저녁 이슬 굴리며
은방울
흔드는 소리
딸랑딸랑 연주한다

귀뚜라미

순명을 받아들고
절명시를 쓰는걸까
어두운 구석마다 홀로 밤을 밝히려
베란다 달빛 한 두레박
귀뚜르르
쏟아붓다

여치

사유, 혹은 은유
갈증의 끄트머리
한 소절 절창 향해 온몸을 사르는가
음소거 앙다문 내 입술
찌르찌르
클릭한다

코스모스의 처소

마른 땅 여린 잎만
가늘게 피어 왔어
지루한 장맛비에
무진장 웃자란 키
한 하늘
받쳐 든 꽃잎
겨우 고개 들었어

오랜 기다림은
목이 휘는 일이지
실울음 뽑아봐도
허리까지 휘우듬
행여나
쓰러질까 봐
안간힘을 쓰는 시간

바람은 눈치 없이
왜 마구 불어올까
깃들일 처소는

고요로 짠 침실인데
네 생은
바람길이었나
끝날까지 흔들리는

판티현의 눈물

복지회관 한글반 구석진 자리에서
메콩강 바이올렛 꽃 한 송이 만났다
얼굴엔 피멍 든 자국 글썽이는 눈자위

그가 사는 농가 뜨락엔 꽃들이 피어난다
봉숭아 도라지꽃 칸나 코스모스
우리 땅 다문화가족 깊게 뿌리 내렸다

서로 다른 출신의 나무는 나무끼리
새들의 노랫소리 제각각인 숲도 우거져
낯선 땅 푸른 포옹이 내 안 울컥 젖어든다

그녀의 텃밭

― 땡땡이 호박*

봄밤 내 단비 긋자 봉오리 봉긋봉긋
호롱불 켜는 소리 꽃자리가 와자한
물방울, 원피스가 귀여운
가슴 실한 그 여자

못생겼다 하지 마라 딸 아들 오롱조롱
그물망 요람을 짜 고이 감싸 보듬을 때
오동통 볼살 찌는 소리
그늘 밑이 환하다

극심한 천둥 번개 칠흑의 밤 없었을까
견디며 살길 오직 공포를 다스리는 일
온몸에 둥근 무늬가
방울방울 부풀고

줄줄이 매달고도 내리사랑 늦둥이.
젖 물리고 앉아있는 두루뭉술 어깨 위에
가을볕 성큼 내려 와
금싸라기 뿌린다

* 물방울무늬의 작가 쿠사마 야요이의 미술작품.

효자요양원

산모롱이 굽이돌아 거기 강을 건너
밤새 유리창에 별비 쏟아지는 곳
누군가 그 속에 들어
순명을 기다리네

제 무늬 제 색깔로 모퉁이 돌고 돌아
잠시 쉬어가는 한 뼘 지상의 시간
홀연히 흰나비 한 마리
무밭께로 날아가네

사모곡 하늘에 닿다

― 숙빈 최씨

산빛 물빛 홍건한 파주땅 소령원에
꿈틀대는 황룡길 청노루귀 서늘한 눈빛
무량한
모후의 미소
자애롭다 강하다

누가 유리구두를 빼앗으려 하는가
바람뿐인 야생화 큰 별에 새긴 사랑
궁궐 속 암투와 모략 험한 파도 이겨내며

오롯이 덕과 예로 층층 쌓은 시간의 탑
하늘에 이르렀나 대통 이어 눈부셔라
묘비명
한 왕조의 친필
효심 더욱 짙푸르다

2호선 지하철

"걷거나 뛰지 말고 두 줄로 서서 타세요"

전광판 시시각각 빨간 자막 뜨는 동안 앞사람 밀쳐내고 제비같이 날아들어 옳거니 눈에 번뜩 노약자석 엉덩이 털썩 그 앞에 지팡이 노인 휘청휘청 쓰러질 듯 나 몰라라 이어폰 삼매에 든 젊은이

라르고, 현악 2중주 엘피판이 지직댄다

제

5

부

겨울 뜨락에 서서

야생화

아득히 가로누운 길
무심코
꺾어 든 풀꽃
돌아와 이제 보니
허전한 빈손이어라
어디쯤
놓아 버린 걸까
내겐 잠시 꽃이었던 너
어느 뉘의 눈길도 닿지 않아 외려 붉었던
지금 어느 모퉁이 사위어갈 설운 눈빛
불현듯
바람으로 와
내 안 흔드는 사람아

겨울 뜨락에 서서

황금빛 출렁이는 들녘 수굿해지고
바삐 새 떼 쫓던
허수아비 한가할 쯤
밤송이
텅 빈 그 속을
찬바람 사뭇 재우친다

어느 길로 갔을까
그 많던 꽃 이파리
채송화 다알리아 불타던 맨드라미
기러기
실울음 소리만
빈 뜰 가득 쏟아놓다

네잎클로버

행운의 네 잎 찾아 들판을 헤맵니다
부푼 맘 접지 못해 날이 저물 때까지
연초록 보드라운 풀밭
마구 휘젓습니다

보일 듯 보일 듯이 눈가에만 어룽지는
바람 속 꿈 언저리 오래 맴도는 동안
순연한 행복의 잎들
무수히 밟았습니다

허방 딛는 매 순간 살 속 깊이 파고든 물집
밤새워 다스리는 집착 맨 끄트머리
이제껏 품었던 욕망
가만 놓아줍니다

거위의 겨울

검정 구스다운이 거리를 휩쓸고 있다
낮아진 하늘에선 폭설 곧 쏟아질 듯
홈쇼핑 롱패딩 매진
채널마다 불티난다

저 하얀 보드란 털 어디서 오는 걸까
옷 하나 거위 목숨 스무 마리 더 든다니
핏물로 얼룩진 사육장
노을마저 흥건했을

연일 한파주의보 안전문자 뜨는 아침
새로 산 가슴 털을 짐짓 걸쳐 입는데
허공을 맴도는 비명
환청일까 환영일까

사백 년 만에 해후

― 이옥봉 시비 앞에

열린 듯 파리한 입술 무슨 말 하려던 걸까

　詩를 겹겹 동인 채 익사체로 발견된 그녀, 재색을 두루
갖춘 왕족서녀 걸출한 시인 애인의 결혼 조건이 글 쓰면
안 된다니 붓을 꺾은 규방살이 속 깊이 끓는 시혼 묵향에
목마른 나날 젖고 싶어 젖어볼까 철옹성 와르르 깨부수고
시생시사詩生詩死 타닥탁 불꽃을 태운 위인송원* 붕 떴다
네

　까마득 사백 년 돌고 돌아 남편 곁에 서 있네

* 이웃의 도둑누명을 벗긴 시. 결혼 당시 약속을 어긴 빌미가 돼
남편에게 버림받음.

섬, 너머 섬

용유도 무의도 지나 섬 속의 또 해녀도

손 뻗으면 닿을 듯 출입금지 입간판

지나온 선착장마다 물비린내 훅 끼친다

저간의 거리 두기 마음까지 불통인가

그 섬 내게 들어와 꼼짝없이 표류 중

팬데믹 파도에 멍든 섬 또 하나 늘어난다

찻사발에 젖다

벗인 듯 경전인 듯 깊고 넉넉한 자태
여백이 은은한 그 앞에 수긋이 앉네
세상사 모난 생각들 따라와 아픈 시간

도공의 혼이 깃든 무늬와 빛깔까지
가마 속 불길에도 오롯한 우주 한 채
티 없이 투박한 성정 바람에도 끄떡없지

그 속에 천천히 우린 찻잎의 오묘한 향
물소리 맑은 행간 촉촉이 젖어들 때
둥글게 살라는 말씀 낙관보다 요요하네

노을 무렵

초록도 갈 꽃잎도 뜨겁게 달군 시간

하나둘 놓아주며 가쁜 숨 고르느라

수평선 잠시 걸터앉아 우련 붉은 옷자락

달려온 신발 끈이 느슨히 풀어지고

더러는 남아있을 얼룩마저 헹궈낼 때

까무룩 기러기 울음소리 천년 강을 건넌다

바람의 색깔

내 안의 늘 웅크린 바람이 일어서네
연둣빛 성긴 오월
풍란 잠시 흔들다
짙푸른
매미울음만
물감처럼 쏟은 길

윤슬이 반짝이는 그 강에 닿고 싶어
붉게 탄 산기슭 넘어
허공을 너훌너훌
펼쳐 든
하늘 화폭에
은빛 갈꽃 붓질하네

김장도 전쟁이다

무장한 적군들이 북서풍을 선두로
기세등등 겹겹이 턱 밑까지 진을 친다
아군은 칼 든 주부 구단
정면 승부에 나섰다

작전, 세기의 전술 매운맛을 보여주마
천일염 대포 발사 고춧가루 파 마늘 투척
마침내
홧홧 불꽃이 튄다
선혈이 낭자하다

데이고 짓무른 손 전쟁이 따로 있나
혈전의 치열한 生 켜켜이 눌러 담은
승전보 칠부 능선 정복
노을 번진 나팔소리

굴보쌈 돼지수육 전리품 맛도 보며
정점을 향해가는 고빗길 깔딱깔딱

설산, 저

눈부신 고지

푸른 깃발 날리리니

새 발자국

공릉천 개어귀에 올올한 세 줄 난 잎

물소리 머금은 듯 붉은 낙관도 없이

총 총 총 사라진 자리 여백마저 청량하다

걸어온 내 발자국 사방에 어지러워

한 소절 순정한 울림 남겨볼 수 있을까

썰물 진 모래사장이 하얗게 날 부른다

연극, 혹은 길

무대의 막이 오르고 분홍꽃 만발한 배경
사계 현악 4중주 감미로운 선율 따라
비릿한 꾀꼬리 울음 스무 살이 시작됐지

칸나빛 열정도 잠시 이파리만 키운 여름
빗소리 천둥소리 파랗게 질린 입술
구름 속 빼꼼 내민 햇살에
젖은 시간 훌훌 털고

밤하늘 크고 작은 별 기원 담은 소품 몇
수확을 감사하는 효과음 저녁 종소리
노을빛 긴 여운 끌고
너훌너훌 넘은 여기

주인공 머리칼처럼 창밖엔 눈 덮인 숲
난로 위 주전자 물
솔솔 끓어오를 때
엔딩은 달콤한 커피향 반전을 기대하지

/

밝은 시와 어두운 시

이도현

시인 · 국제펜한국본부 자문위원

　우리가 세상을 살다 보면 밝은 날이 오기도 하고, 어두운 날이 오기도 한다. 밝은 햇살이 내리다가 금세 먹구름이 끼기도 한다.

　두 사람이 보름달빛 아래 나란히 길을 걷고 있었다. 한 사람이 밝은 보름달빛을 보면서 사랑하는 애인이 귓전에서 무어라 속삭여주는 달빛이라고 한다. 그러자 다른 한 사람은 달이 너무 밝아 살인적 달빛이 나를 뒤에서 위협하고 있다고 무서워 한다. 같은 대상이라도 보는 이의 관점에 따라 이렇게 생각이 달라진다. 전자는 긍정적인 사고요 낙관론자라고 한다면 후자는 부정적인 사고요 비관론자라고 하겠다.

　이런 두 현상은 잠재된 생각의 차이에서 오기도 하지만 대개의 경우 외적인 요인과 내적인 갈등에서 심성(心性)이 순간적으로 양극화된다. 긍정의 힘은 개인을 발전시키며, 사회를 정화하고 국가 융성의 계기가 된다고들 말한다. 그

러나 시인들은 복잡한 현대를 살아가면서 시대 상황에 따라 언제나 긍정적일 수는 없지 않은가? 시조(時調)를 '시절가조(時節歌調)'에 의미 부여를 한다면 현대시조는 마땅히 현실과 우리의 삶에 대한 성찰과 환희 그리고 냉혹한 비판의 노래가 되어야 한다.

가을호에 수록한 34인의 작품도 이러한 의미에서 밝은 시와 어두운 시로 크게 나누어 볼 수 있다.

나는 꽃씨를 심고
남편은 무씨 뿌리네

갈바람 불어오고
새털구름 지나는 날

이 양반 꽃밭에 살고
난 매운 깍두기를 담네

— 장기숙, 「바꿔주세요」 전문

청명한 이 가을, 독자에게 밝은 정서를 한껏 안겨 주는 작품이다. 어디 한 군데나 막힌 곳이 있는가? 밝고 환하게 시조의 경(境)을 열고 있다. 밝은 내용을 경쾌한 가락에 얹고 있기 때문이다.

'바꿔주세요'라는 제목부터가 호기심을 끈다. '바꿔주세요'라고 청하기 전에 이미 내용은 바꾸어 졌음이다. 내가 꽃씨를 심은 꽃밭에 남편은 벌써 살고 있고, 남편이 뿌린 무씨가 자라서, 난 깍두기를 담고 있지 않은가.

　참으로 행복한 가정이다. 갈바람 불어오고 새털구름 지나는 이 가을, 부부가 행복하게 일군 아름다운 꽃밭을 감상한다.

— 《시조문학》 2018년 겨울호 계간평 부분

/

가슴으로 읽는 시

정수자

시인 · 문학박사

전쟁의 상처는 깊고 길다. 그 피해 없는 데가 있을까만 접경지역은 더하다. 휴전선이 가까우니 휴전 중임을 일깨우는 사고도 잦다. '지뢰'라는 붉은 경고가 아무리 섬뜩해도 불의의 사고가 잦았던 것이다. '탄피 줍다 한쪽팔을 잃거'나 목숨을 잃는 일도 비일비재했으니 대인지뢰는 전쟁의 가장 긴 후유증이다.

'타달타달' 한쪽 팔의 아재도 지뢰 피해자. 수의나마 시원히 입혀 보내려고 '아짐'은 긴 소매를 '싹둑' 자른다. 그 '반소매 수의'에 한반도 역사가 겹친다. 지뢰를 딛고 사는 '접경'에 반쪽 나라 허리께를 잠식하는 지뢰들이 잠복하고 있듯, 붉은 금지가 널려 있는 땅, 언제면 철책 없는 숲으로 바뀌어 평화롭게 뛰놀 수 있을지…

어릴 때 탄피 줍다 한쪽 팔을 잃은 후
평생을 복중에도 긴 소매 벗지 못한

고향의 팔복이 아재
부음을 전해 듣다

온 마을 폭음 낭자한 그해 봄 무렵부터
찔레꽃 너럭바위 뒷동산이 자주 울고
하굣길 깜장 고무신
뒤로 자꾸 처졌다

모퉁이 타달타달 책보 나른 오른팔 아짐
긴 소매 싹둑 잘라 지아비 수의 짓는다
어호아! 고개 넘을 때
소원 풀고 가라고……
　　　　　　　　　— 장기숙, 「반소매 수의 -접경 시편 5」 전문

　　　　　　　— 《조선일보》 2016년 6월 24일자 문화면

/

젊은이들이 겪는 자본시장의 논리를 은유

염창권

시인 · 국어교육 박사

신인상 이후, 문단 경력 20년에 이르기까지 소식이 없이 지내다 보면 자기 회의에 빠질 수 있다. 이번에 작품상이 신설되었으므로 제1회 수상자는 그만큼 의미가 있는 자리이다. 고심 끝에 수상작을 낸 것도 그와 같은 뜻에서다. 예고되지 않았던 상이 생겼으므로, 오히려 대상자들은 자신의 시적 진정성을 살필 수 있는 계기가 됐으리라고 본다. 자신의 작품 활동이 가진 총체성 문제이므로 운으로 돌릴 일도 아니다.

등단 후 문단 경력 20년 이내의 세대는 한국시조단의 잠재태에 해당된다. 기다릴 것도 없이 이 시기에 보여줄 것은 다 보여주고도 남을 만한 시간이다. 시조미학의 역량은 여기에 집중되어 있다. 늦었지만 협회 차원에서 '작품상'을 대표성 있게 내걸 필요가 있다고 본다.

고심 끝에 「호랑거미의 봄」을 결정한 까닭은, 본심에 오른 다섯 편 모두가 각자의 취향에 따라 장단점이 공존했기 때문이다. 결론적으로 시조가 가진 미학적 측면을 기준으로 삼아 세 명이 일치를 보았다. 수상작 「호랑거미의 봄」은 시상 전개의 안정성과 함께 중심을 꿰뚫는 의미화의 힘이 선자들에게 믿음을 주었다. 다만 '호랑거미'의 생물학적 시기를, "봄"의 시간에 대입한 것은 은유를 가정하지 않고서는 성립되기 어렵다. 그렇지만, 그 은유가 "비혼 노총각"에 집중됨으로써 앞의 우려를 벗어난다.

젊은이들이 살아가는 자본시장은 정글 법칙과 같이 약육강식의 세계이다. 자본의 포충망에 내가 언제 사로잡힐지 모르는 현실이지만, 자본의 논리는 나에게 기회가 있음을, 약자를 물색하는 강자의 시선을 주입시킨다. 그러나 나에게 주어진 현재의 꿈은 환상이자 허상이며 심약한 소시민의 범주에 포위된 상태에 있다. 끝에서 "감나무 크낙한 집 한 채 / 꽃등 환히 내건다"고 했을 때 그것을 자본시장의 논리와는 다른 자연 세계를 대조시킨 것이다. 이때의 대조는 논평이나 풍자가 될 것이다.

마른 등걸 틈새에 맵찬 겨울을 건너
거듭 허물 홀홀 벗어 공중에 길을 낸다
나선형 둥그런 밥상
깔따구만 파들대고

거꾸로 매달린 채 매순간 흔들려도
새벽 별 눈빛으로 촉을 세운 더듬이다리

행여나 나비 한 마리
낚아챌까 숨 고른다

밥줄이 끊겼다는 그 옆 비혼 노총각
아슬아슬 허방 딛고 종일 바장인 하루
몸 누인 비닐하우스에
달빛마저 출렁댄다

떠난 사랑 하마 올까 끈끈한 정 여직 남아
마주할 성찬을 위해 바람벽 층층 쌓는 길
감나무 크낙한 집 한 채
꽃등 환히 내건다

— 장기숙,「호랑거미의 봄」전문

— ≪시조미학≫ 2022년 봄호 한국시조시인협회 작품상 심사평

/

뒷사람에게 이정표가 되는 일

박영교

시인 · 문학평론가

장기숙 시인의 시집 출간을 하려는 작품 몇 편을 들여다
보자. 그의 작품은 항상 허공에 떠 있는 사물에 대한 노래
가 아니라 우리와 함께 숨 쉬고 또 살아가는 삶의 호흡과
같은 느낌을 받는다.

태생이 정글이랬지 토분 속 몬스테라
총 맞은 과녁처럼
숭숭 뚫린 저 이파리
열대림 초록 바람이
밤새 솔솔 들렌다

흙 한 줌 볕뉘 한 줌 겨우 받아들고
그늘이 깊은 만큼 둥글게 새긴 무늬들
광활한
고향의 하늘
거기 닿고 싶은 걸까

모퉁이 돌고 돌아

허공에 뿌리내린

구멍난 심장끼리 햇귀 서로 나누려

덩굴손

뜨겁게 뻗는다

투명한

길을 내듯

—「모서리 둥근 터무니」 전문

작품 「모서리 둥근 터무니」에는 내 자신이 살아온 고향이 아니라 먼 이국 정글에서 살아온 식물 몬스테라를 통해 본 시인의 마음속에 일어나는 아픔의 일면을 의식하고 있는 작품이다.

본래 몬스테라는 멕시코 밀림이 원산지로 큰 나무 그늘 밑에서 햇빛을 나누기 위해 잎에 구멍이 뚫리게 진화하여 정글 속에서 햇볕을 받기위해 살아온 식물이라고 한다. 밤 새도록 열대우림 초록 바람이 구멍 뚫린 잎을 통해 느끼고 있을 것을 시인은 안다. 그 열대 우림 속에서 살아남기 위해 그늘만 있는 그곳에 조금이라도 햇볕을 받고 그 광활한 푸른 하늘을 그곳에 닿기 위해 살아남기 위해서였을까? 그리고 그의 덩굴손을 간절하게 내리 뻗고 있는 그는 새로운 삶의 길을 내기 위해 안간 힘을 쓰고 있는 일일지도 모를 일이라고 시인은 노래하고 있다.

공릉천 개어귀에 올올한 세 줄 난 잎

물소리 머금은 듯 붉은 낙관도 없이

총 총 총 사라진 자리 여백마저 청량하다

걸어온 내 발자국 사방에 어지러워

한 소절 순정한 울림 남겨볼 수 있을까

썰물진 모래사장이 하얗게 날 부른다

―「새 발자국」 전문

　작품「새 발자국」은 공릉천에 세 줄 난 잎들 그들은 물소리 듣고 사라진 그 여백에는 낙관도 없이 여백만 깨끗하게 느껴진다. 지금 시인이 걸어온 발자국이 어지럽게 널려 있지만 하이얀 모래사장이 나를 유혹하면서 한 소절 순수한 마음을 남겨 놓으라고 하는 듯하다.
　장기숙 시인의 이 작품을 읽으면 서산대사의 작품이 생각나게 하는 작품 이다.「답설야중거 불수호란행 금일아행적 수작후인정」이라.

踏雪野中去(답설야중거) 눈을 밟으며 들길을 갈 때에는
不須胡亂行(불수호란행) 모름지기 함부로 걷지 마라.
今日我行蹟(금일아행적) 오늘 내가 남긴 발자취는

逐作後人程(수작후인정) 후세인들에게 이정표가 될 것이니.

오늘을 살아가는 사람들이 새겨들어야 할 글로 생각된다. 이 작품은 내가 가는 길이 뒷사람에게 이정표가 되어야 한다는 좋은 내용이다.

내 안의 늘 웅크린 바람이 일어서네
연둣빛 성긴 오월
풍란 잠시 흔들다
짙푸른
매미울음만
물감처럼 쏟은 길

윤슬이 반짝이는 그 강에 닿고 싶어
붉게 탄 산기슭 넘어
허공을 너훌너훌
펼쳐든
하늘 화폭에
은빛 갈꽃 붓질하네

— 「바람의 색깔」 전문

「바람의 색깔」이라는 작품은 우리 인간이 갖고 있는 마음속의 욕망인 것이다. 누구에게나 살아가는 도중에 하고 싶어 하는 간절한 소망이거나 보고 싶은 일들을 그것에 닿을 수 있는 마음속의 그늘 그 전체를 표출하고 싶어 하는 것이라고 할 수 있겠다. 시인은 그런 것을 통해 빠르게 흘러가는 세월을 보고 있는 것이다.

봄날 오월의 연둣빛 색깔의 아름다움, 풍란의 진초록색의 진출을 의식하다 보면 풀숲의 우거진 매미 소리가 짙은 물감으로 쏟뜨리고 있는 여름의 한 가운데를 통과하고 있다.

「바람의 색깔」 둘째 수에서는 반짝이는 강물 따라 흘러가고 싶은 시인의 마음이 그곳에 도착하기도 전에 붉은 가을 단풍이 산기슭을 덮고 산꼭대기에서 너훌너훌 내려오고 있는가 하면 하늘에는 벌써 갈대꽃이 허옇게 머리를 덮고 있다는 것이다. 세월의 일상이 너무나 빠르게 지나가고 있는 것을 시인은 잘 알고 있음을 표출하고 있다.

이상 장기숙 시인의 작품집을 출간하는 데 사족이 안 되어야 할 텐데 고심이 되는 것 같다. 시조집 출간을 축하하는 바이다.

열린/시/학/정/형/시/집 177

모서리 둥근 터무니

초판 1쇄 발행일 · 2023년 03월 20일

지은이 ｜ 장기숙
펴낸이 ｜ 노정자
펴낸곳 ｜ 도서출판 고요아침
편 집 ｜ 정숙희 김남규

출판 등록 2002년 8월 1일 제1-3094호
03678 서울시 서대문구 증가로 29길 12-27, 102호
전화 ｜ 302-3194~5
팩스 ｜ 302-3198
E-mail ｜ goyoachim@hanmail.net
홈페이지 ｜ www.goyoachim.net

ISBN 979-11-6724-125-2(04810)
ISBN 978-89-6039-728-6(세트)

***이 책은 한국예술인복지재단 창작준비금지원사업에서 지원을 받아
출간되었습니다.**